O Garoto do Sonho

por Erick Mafra

astral cultural

Este livro não é parecido com nada que você tenha visto antes! <3

Agradecimentos

Deus, a fonte do Amor, que me enviou este presente para que fosse entregue a todos.

Kaw Yin e Yan Yin, meus doces e amorosos professores e fundadores da Coexiste, a escola que me acolheu junto com seus professores e acolhe a todos na relembrança de que somos o próprio Amor, e a todos seus alunos que, como os anjos, voam pelo mundo num mesmo compromisso de braços abertos a quem precisar.

A todos os anjos que apoiam minha missão aqui no mundo, que é a mesma de todos: Amar.

E a você, que agora lê, obrigado por estar aqui comigo, nós estamos mais perto do que você pode imaginar, basta pensar.

PEGUE SEUS FONES
DE OUVIDO!

PROCURE POR "O GAROTO DO SONHO"
NO SPOTIFY, APPLE MUSIC, DEEZER!

O céu está...

rosa...

e roxo...

com azul...

TENHA UMA BOA VIAGEM!

Índice

1. Contatada

Estava acordada fazia um bom tempo, mas não conseguia sair da cama. Sabe aquele momento em que você procura forças pra realmente levantar?

— AAAAAAAAAAAAAAAAAHHH! — Bocejei e gritei ao mesmo tempo.

O primeiro passo é abrir a janela, sempre funciona.

Ficar fazendo nada na internet a madrugada toda resultou nisso, pensei, ao checar meu celular e ver que já passavam das duas da tarde. Tudo bem, é só o meu primeiro dia de férias.

Nunca sinto fome ao acordar, mas me forcei a tomar uma tigela de cereal com iogurte de morango. Meus pais saem cedo pra trabalhar e eu estava sozinha em casa. Eu gosto.

Pulei no sofá após meu "almoço", liguei a TV e deixei em um canal aleatório. Não gosto de assistir à televisão, mas o fundo sonoro faz parecer que há pessoas aqui. A primeira coisa que fiz foi olhar o Facebook. Nada.

Whatsapp. Nada. Quer dizer, tinha uma mensagem da minha mãe perguntando se eu havia almoçado direito... Respondi que "sim <3" Hehe.

No meu primeiro dia de férias ninguém me chamou pra nada...
É bem esquisito estar em casa de pijama numa segunda-feira à tarde, sendo que agora eu estaria chegando do colégio.
O que você vai fazer hoje, Maria Clara?, eu pensava, enquanto observava a janela da sala. Podia ouvir as árvores balançando, o dia parecia estar ensolarado e ao mesmo tempo refrescante.
Não sou louca de sair de casa para caminhar, mas às vezes sinto vontade de colocar meu tênis de corrida e dar uma volta no bairro. Talvez eu possa encontrar alguém. E foi o que eu fiz naquela tarde.

Já estava andando havia uns dez minutos e não avistei nenhum conhecido.
As pessoas com quem eu cruzava iam a passos rápidos, nem me olhavam.
— Bom dia! — sussurrei para a senhora que passava rapidamente, sem nem me ouvir.
O bom do meu bairro é que ele é muito sossegado..., pensei.
Ao me aproximar da esquina, um som de motor rugia e eu pude ouvir a borracha no asfalto. Um carro em alta velocidade passou e logo sumiu da minha vista.

Alguns segundos depois o som das sirenes tomava conta da rua, duas viaturas faziam o mesmo trajeto que o tal carro.

Leia ouvindo: Memories - Petit Biscuit

☆☆☆

Peguei meus fones de ouvido e coloquei na minha playlist.
Ah! Como eu amo quando descubro música nova e boa, pensei, enquanto andava a largos passos numa quase dança, observando os raios de sol entrando através das árvores.
Às vezes, você só precisa parar de pensar um pouco e colocar aquela música.
Observava tudo à minha volta, cada detalhe e as pessoas andando, e me senti como se estivesse dentro de um clipe. *Quem nunca?*, pensei.
Na esquina, no fim da rua, me deparei com um tumulto de pessoas. A distância, não conseguia ver direito nem entender nada. Corri até lá.

Leia ouvindo: The Light — The Album Leaf

Era uma grande roda e eles cochichavam entre si. Ao tirar os fones, reparei que o barulho das sirenes agora estava mais alto. A polícia está aqui.

Tentei furar a roda, mas ninguém me deixava passar. Eu precisava saber o que estava acontecendo ali.

Via muitos moradores do meu bairro enquanto cruzava o muro de pessoas, braços e cotovelos.

Pude ver o carro que havia cruzado comigo segundos antes agora com sua frente direita totalmente amassada. Eu não conseguia saber se alguém estava dentro do carro, por causa da fumaça.

As pessoas gritavam para alguém ligar para o resgate e, ao lado do carro, pude ver um rapaz, que parecia ser o motorista. Ele aparentava estar bem enquanto aguardava o resgate deitado no chão com os policiais.

Gelei ao reparar que tinha uma bicicleta amassada sob o carro. *Ele atropelou alguém?*, pensei.

O tumulto era grande, mas um homem chorando chamou minha atenção. Ele dizia algo sobre Deus ter livrado seu filho daquele acidente. O menino estava andando de bicicleta no momento da batida, mas estava bem, só um pouco assustado. Meu coração sossegou.

Logo a ambulância chegou e os paramédicos foram afastando todas aquelas pessoas que pareciam estar ali apenas por curiosidade.

Ao me afastar, pude ouvir a conversa de duas senhoras:

— Bandido tem é que morrer! Deu muita sorte! Isso sim.

E, então, a outra completou:

— Na cadeia ele vai pagar por tudo isso, pode ter certeza, Deus é justo.

Corri para fora do tumulto. Consegui sair. Tudo aquilo, toda a confusão, de certa forma mexeu comigo.

Entrei em casa e fui direto para o quarto.

Não queria pensar no que eu tinha presenciado.
Fiquei procurando coisas para fazer no celular.
Vi tudo no YouTube, Instagram, Facebook. A hora passava.
Ninguém... nem o Pedro me chamava.
Abri o Snapchat.
Ao assistir ao Snap da minha vizinha, vi que ela tinha gravado o acidente de carro pela janela do prédio dela. Pulei o vídeo, não consegui assistir até o fim.
Como alguém pode filmar algo assim como se fosse normal?

Leia ouvindo: Window — The Album Leaf

Me peguei pensando novamente no que tinha acontecido e questionando tudo o que eu tinha visto.
Pensei no rapaz que dirigia o carro.
Onde ele está agora? Ele se machucou? Por que ele corria?
Ele estava fugindo? Ele era mesmo um "bandido", como as senhoras diziam?
E se ele tivesse se machucado? Ele seria preso mesmo assim?
O que aconteceria se o menino da bicicleta não escapasse? Deus o teria livrado? Ou ele morreria e fim? Era só isso? A vida é assim, tão cheia de sonhos, mas tão frágil quanto um carro batido?
É para isso que Deus nos colocou aqui? Sem nenhum motivo? Ele nos colocou aqui pra sofrer e, se tudo der "certo", no fim, morrer? Para! Para. Para. Para de pensar.

Deitei, liguei o abajur e tentei relaxar em meu travesseiro.
Fui parando de pensar.
Relaxei.
Tudo ficou tranquilo.

Sonho

Eu estava no alto de um prédio, onde a vista dava para toda a cidade.
Era um dos céus mais lindos que eu já havia visto.
— Que cores lindas... Esse céu está lin...
Logo uma doce voz completou minha frase.

☆☆☆

— O céu está rosa, com azul e roxo. Te lembra algo? — perguntou a voz.
Ao me virar, pude vê-lo sentado de costas, olhando para o céu. Um garoto com visual diferente.

Seu cabelo combinava com as cores do céu e ele usava uma jaqueta colorida.
Congelei. Não consegui responder sua pergunta.
— Ele me lembra a minha casa — disse o garoto.
— Quem é você?
— Meu nome é Eryn, e o seu? — ele continuava de costas.
Eryn, pensei. Nunca ouvi esse nome, nem em seriados.
— Pode me chamar de Clara.
— Senta do meu lado, Clara, a vista daqui é linda. — Ele me convidou.
— Eu tenho medo de altura.
— Eu te seguro, não precisa sentir medo — disse aquele garoto que eu nunca tinha visto, de cabelos coloridos que se movimentavam com o vento.
Com um pouco de vergonha e medo ao mesmo tempo, fui me aproximando.

Não me contive, ele parecia tão seguro ali.
Ao me aproximar, pude ver seu rosto. Ele olhava para o céu e gentilmente me dirigiu um olhar.
Seus olhos eram verdes acinzentados e seu rosto era angelical e delicado. Com um sorriso de lábios cerrados, ele pegou minha mão e me sentou ao seu lado. O medo se foi.
Dali, a vista era realmente apaixonante: o rosa do céu se encontrava com as casas e o roxo com o topo dos prédios, o azul se estendia pelo céu em toda sua imensidão ao alto.
Um sentimento de paz e gratidão tomou conta de mim na presença de um doce estranho.
Em um movimento suave, ele deitou sua cabeça sobre meus ombros.
— Todos compartilham o mesmo céu, Clara. Mas, às vezes, se esquecem disso — dizia Eryn, enquanto eu observava a cidade.
— Respondendo a sua pergunta: Deus não quer que ninguém sofra, nunca. Ele ainda nos ama.

Acordei.

2. Chamada

Já tinha passado mais de uma semana e aquele sonho não saía da minha cabeça. Aquilo pareceu tão real…
Eu só conseguia pensar naquele garoto e no que ele tinha me falado.
Eu acho que tô ficando louca, ontem eu procurei o nome dele no Google.

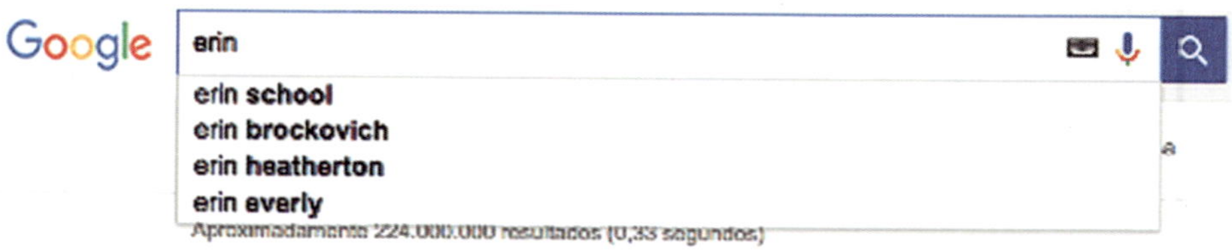

Até tentei contar para o Pedro meu sonho, para ver se falar para alguém me ajudava a esquecer. Pedro é o garoto que eu gosto. Ainda não somos namorados, mas eu sei que temos algo especial. Ele riu de mim e disse:
"Garotos com cabelo rosa só conversam com meninas em sonhos, pois na vida real eles estão com outros garotos de cabelo rosa."
Ele é mais velho que eu, mas sempre faz umas piadinhas um pouco bobas. Um pouco…
Hoje a Mariana da minha sala vai dar uma festa daquelas bem doidas, que só ela faz, com os amigos doidos dela, mas o Pedro vai. Pensei em ir, assim eu saio um pouco de casa. Preciso me distrair.

O Pedro já tinha chegado à festa e eu ainda aqui, tentando decidir qual roupa usar hoje...

Leia ouvindo: Midnight Sky — Petit Biscuit

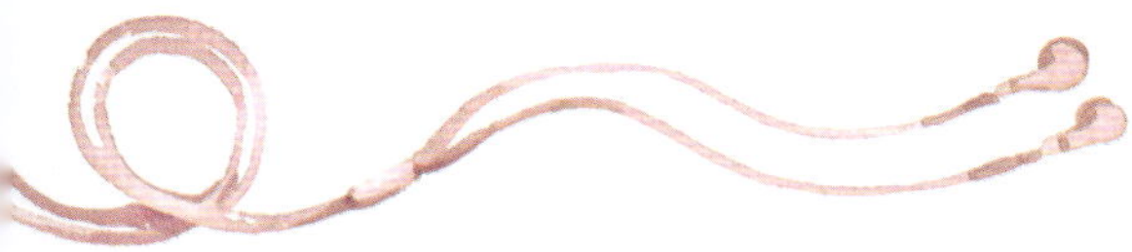

Mariana mora numa cobertura e, quando os pais dela vão viajar, ela faz festas lá.
Eu não costumo ir muito a festas, mas nessa, sei lá, senti vontade de ir.
Tem uma vista incrível do terraço que dá pra ver toda a...
Essa frase fez eu me lembrar do sonho e daquele céu. Para!
Para, para, para, Maria Clara. Você tá viajando.

Entrei no elevador, é no 14° andar. O elevador é bem chique: você precisa digitar o andar que quer ir, depois subir até o 13° de elevador e, para chegar ao apartamento dela, você tem que subir mais um lance de escadas.

Dava pra escutar a música do hall.
Apertei a campainha.

Já passava das 22h, eu estava um pouquinho atrasada.

Demorei pra escolher esse vestido preto… Eu, de vestido. Preto.
Não fazia sentido algum.
Eu não combino muito com vestido, mas era a única roupa dessa cor que eu tinha pra hoje.
O tema era "Black Party" e todos tinham que ir de preto, por motivos que não vou entender, já que não vi o evento no Facebook.
Passaram-se alguns minutos e ninguém abria a porta.
Toquei outra vez. Nada.
Até que decidi abrir.
Logo percebi que ninguém nunca iria ouvir a campainha, com aquele som alto.
A festa tinha muitas pessoas diferentes, que eu não conhecia.
A Mari faz teatro, então deve ser a galera do teatro, pensei.
Pedro veio correndo em minha direção.
Apertou minha cintura e meu deu um selinho.
Fiquei um pouco desconfortável, ele parecia alterado.

— Oi, Pe — falei sorrindo.

— Oi! Eu te disse que não ia adiantar demorar tanto pra se arrumar…

— Haha. — Sorri.

— Você poderia ter chegado antes. Vem! — insistiu, me puxando.

— Guarda minha chave e meu batom na sua jaqueta? Eu não trouxe bolsa.

— Não sou maleiro, não! — disse ele rindo e colocando minhas coisas no bolso da jaqueta.

Às vezes eu acho que ele é fofo… Talvez só eu.

Ele pegou minha mão e fomos para o terraço da cobertura, de onde vinha a música e dava pra ver a cidade. A festa estava cheia e, sim, todos usavam preto.

Encontrei a Mariana e ela me apresentou para um dos seus grupos de amigos.

— Que bom que você veio, Claire! Gente essa é a Claire!

Sim, meus amigos do colégio me chamam de Claire e não de Clara. É quase uma outra vida e eu gosto.

— Amiga, eles são bem mais legais que a galera da sala, pode ter certeza — disse ela.

— Eu acredito — respondi, concordando e sorrindo um pouco tímida na roda.

Qualquer turminha deve ser mais legal que a galera careta da minha sala, pensei.

— É sério! Acho que você iria se dar super bem com essa galera — repetiu ela.

Sorri, concordando.

Leia ouvindo: Angels — The XX

Ela me apresentou mais alguns amigos do teatro, mas uma garota no canto do terraço chamou a minha atenção.
— Mari, quem é a garota de cabelo ruivo e azul-claro? — perguntei, tentando disfarçar para que a menina não percebesse.
— Eu conheci ela hoje. Ela deve ser amiga de alguém, eles a chamam de "SIM".
— Que nome doido! — gritei, concordando.
— Siiiim, eu acho ela linda — disse a Mari, voltando para o meio da galera.
Continuei observando a garota pelo canto do olho.

Diferente de todos que estavam lá, ela parecia tranquila, com um olhar sereno, observando a vista.
Ela estava com um vestido preto lindo e uma jaqueta por cima, com uma gargantilha prateada no pescoço. Por um momento achei ter ido com uma roupa simples demais.
As pontas dos seus cabelos eram azuis, mas um azul da cor do céu de verão, bem azulzinho, que contrastava com o ruivo do seu cabelo e se misturava numa trança. Era como se eu já tivesse visto aquela cena antes, mas ao mesmo tempo era estranho ver uma menina tão doce naquele lugar.
Não que a festa estivesse ruim, mas a Mari é muito doida e tem amigos mais doidos ainda...

☆☆☆

De repente, a garota olhou pra mim e sorriu. Disfarcei, constrangida, e virei.

Pedro se aproximava de mim com dois copos cheios de um líquido vermelho.

— Trouxe algo pra você! — Rejeitei com a cabeça.
— Olha, experimenta isso!
— Não, Pe, eu não bebo.
— Bebe! Sério, isso não dá nada, quase não tem álcool.
— Não quero, Pe. Obrigada...
— Experimenta pelo menos! Você vai gostar — insistiu ele.
— Só beba se você quiser, Clara — disse uma voz familiar.

Fiquei confusa. **Não.** Não pode ser, isso não faz sentido.
— Quem é você, garoto? — perguntou Pedro, encarando-o.
— Oi, meu nome é Eryn.
Era ele. Tremi ao ouvir seu nome. Ele estava lá, ele sabia meu nome, ele existe.
Isso estava mesmo acontecendo ou eu estava realmente louca, imaginando coisas?, pensei.
— Então você é o tal amiguinho de cabelo rosa da Clara? — disse Pedro, sendo irônico.
Pedro também está vendo ele, eu não estou louca.
— **Não. Ele não é meu amigo.** — Intervim, eufórica.
— Não? Achei que fosse um sonho, mas agora tô vendo que não — afirmou. Pedro parecia decepcionado comigo.
— Não, Pe, eu não conheço ele — falei, ainda desconcertada em frente ao garoto.
— Haha, tudo bem, Maria Clara... — disse Pedro, virando as costas.
— Pedro! — chamei, mas ele ignorou.
Eu e Pedro nunca havíamos discutido.
— Tá tudo bem? — **a mesma voz do meu sonho** disse, mas agora ali, bem na minha frente.

Não conseguia falar nada, nem olhar em seus olhos.

— Aconteceu algo? — a garota ruiva se aproximou.

Ela estava com ele? Eu sabia. Eles namoram. Ela era a namorada dele. Eu sabia.

— Tá tudo bem — disse Eryn para a garota. — Não é, Clara? — perguntou, como se nada tivesse acontecido.

Mas tinha. Pedro tinha acabado de me largar ali, sozinha.

— É — disse eu, ainda confusa.

Pensei no Pedro e no que ele pudesse estar pensando de mim agora.

Quem é esse garoto? O que tá acontecendo comigo?, pensei.

Meu coração ficou apertado.

Tive que decidir entre ir atrás do Pedro ou olhar nos olhos do **garoto do sonho**.

Fiquei.

— Quem é você?

— Nós já nos conhecemos — disse ele.

— Como isso é possível? — questionei.

— Você me fez uma pergunta e eu respondi.

— **Eu nunca te perguntei nada. Eu nunca te vi. Não te conheço!**

Quando percebi, estava gritando.

— Eu te respondi naquele fim de tarde, no alto do prédio.

— Qual pergunta? — testei.

— Clara, todos têm um propósito, só que se esqueceram, mas irão relembrar. Nossa função aqui é ser essa relembrança.

Um flashback passou em minha mente.

Lembrei que todos os dias, antes de acordar e dormir, eu pensava no porquê de estar aqui e que o dia do acidente tinha sido a única vez que eu havia questionado isso sinceramente em meu coração.

☆☆☆

"Seria ele a resposta para minha pergunta?", pensei olhando em seus olhos.

Lembrei do Pedro novamente.

— Eu sei. Mas agora o Pedro tá achando que eu menti.

— Mas você não mentiu — disse ele.

— Eu achei que aquilo fosse só um sonho.

— Mas foi — disse o garoto. — Clara, se ele quiser saber, ele pode te perguntar... As pessoas são livres para escolher a verdade ou imaginar o que elas quiserem sozinhas, mas isso não muda a Verdade — disse Eryn, com um olhar doce e sério.

— Mas eu gosto dele — insisti.

— Eu também— disse o garoto, convicto.

Como Eryn pode gostar dele? Ele nem conhece o Pedro, pensei.
— Eu vou falar com o Pe. Sua namorada tá te esperando… — Olhei para a garota que estava ali de pé, nos observando atentamente desde o começo.
— Que namorada? — perguntou Eryn.
— Ela não é sua namorada? A Cyn — tentei pronunciar o nome da garota. Não funcionou.
— A Cynn não é minha namorada, nós somos parceiros.
Olhei para ele ainda sem entender. *Talvez eles tenham algum tipo de relacionamento aberto,* pensei.
— Nós não nos relacionamos dessa forma e nem pensamos assim, estamos aqui juntos por todos — disse Cynn, olhando em meus olhos.
Do que ela estava falando? Todos? Oi?
Encarei os dois atentamente. Eles tinham algo em comum que eu não conseguia explicar, uma coisa no jeito, no olhar, só podia sentir uma conexão entre eles.
— De que tipo de relacionamento vocês estão falando? — perguntei.
— Do único que pode realmente unir as pessoas, Clara — disse a garota.
Como ela sabia meu nome?
— Quando você tem um propósito verdadeiro no mundo, você se une com aqueles que também têm o mesmo objetivo.
— Como isso é possível?
— Da mesma forma que nos uniu quando nos encontramos em seu sonho — disse Eryn.
Isso não está acontecendo, repeti para mim mesma.
— O que nos uniu? — perguntei. — Eu não tenho um propósito.
A garota sorriu. E me encarou.

— Clara, nós viemos trazer a **Nova Cultura** para esse planeta. E você faz parte disso.
Algo em meu coração acendeu, como uma faísca.

Meu celular vibrou. Meu pai havia chegado para me buscar.

Corri.

3. O Amor X Não Amor

Entrei no carro ainda assustada.

No caminho da festa até em casa permaneci em silêncio.

— Filha, quer conversar? Tá tudo bem? — perguntou.

— Tá sim, pai, só tô um pouco cansada. — Sorri.

— Como foi a festa? O Pedro estava lá?

— Foi legal. E sim, ele tava.

— Sabe… Eu gosto tanto daquele garoto.

— Que bom. Sorri encarando a rua pela janela do passageiro.

Fui para o quarto e a primeira coisa que fiz foi colocar o celular pra carregar e mandar uma mensagem para o Pedro.

Ontem, quando saí do terraço, não encontrei mais ele. Ele sumiu. Eu poderia ter ido atrás dele.
Pensei em ligar, mas ele poderia estar dormindo.

Lavei o rosto, tirei a maquiagem e coloquei um moletom confortável. Me joguei no travesseiro, mas minha cabeça estava em outro lugar. Nela passava repetidamente um filme de tudo que havia acontecido naquela noite.

Quem eram eles? Por que eles falavam aquelas coisas? Por que não consegui ir atrás do Pedro? Por que comigo?

E o pior… por que algo **dentro de mim se sentia conectada com eles**? Nada fazia mais sentido.

Leia ouvindo: You — Petit Biscuit

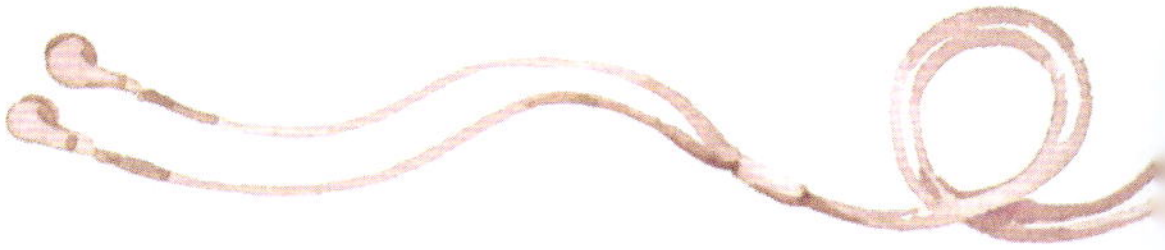

Estava próxima a uma estação de trem e muitas pessoas passavam por ali com pressa.

No meio de toda a confusão, pude avistá-lo. Eryn estava de olhos fechados em meio a todos, mas era como se ninguém pudesse enxergá-lo.

Os olhares das pessoas que passavam eram tristes e solitários. Mas o garoto, com os olhos fechados, mantinha um semblante tranquilo e um leve sorriso em meio à multidão.

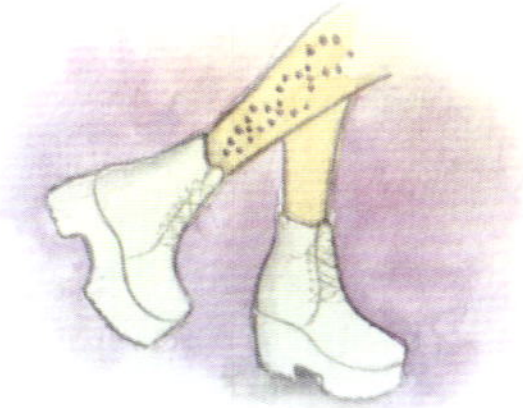

Alguém vinha se aproximando com passos leves e andava diferente de todos que estavam passando pela estação.

Ela parou ao meu lado, olhando fixamente para o que acontecia à nossa frente.

Era como uma fada, toda delicada. Seu cabelo se erguia até o alto da cabeça e escorria em mechas de tons púrpura, lilás e roxo, que deslizavam por seu rosto e braços, cheios de tatuagens e símbolos nunca vistos antes por mim.

— Quem é você? O que está acontecendo aqui? — perguntei e continuei observando Eryn em meio àquela estação que contrastava com sua expressão.

— Clara, de onde vim, me chamam de Nay — disse ela, como se já fôssemos amigas.

— Observe e você vai ver — continuou a garota.

— Só existem dois tipos de pessoas — disse ela, agora pegando em minha mão.

Seu toque era suave e suas unhas eram compridas e brilhantes.

— Aquelas que veem a Verdade sobre o que está acontecendo e aquelas que acham que estão vendo, mas estão imaginando coisas sozinhas em suas mentes.

— Como sei se estou sozinha? — perguntei.

— Quando sua imaginação é mais forte que seu interesse por aqueles que cruzam seu caminho. Quando se está na escuridão e a luz chega, para que você possa vê-la, é preciso estar de olhos abertos, e para ver a luz é necessário admitir que ainda não a vê.

— Ver a Luz?

☆☆☆

Então, Nay apontou para o garoto e em volta dele havia uma luz, que era ignorada por aqueles que caminhavam tristes e preocupados em sobreviver. Por essa distração, eles não conseguiam ver no garoto a alegria de viver.

— Pois quando se tem certeza que vê, não se questiona sua própria cegueira. Assim, não é possível encontrar a Luz, a não ser que a busque fora de sua imaginação.

— Mas como sei se estou cega?

— Quando você não consegue ver ninguém além de você.

Acordei.
Ainda na cama, fiquei pensando no que aquela garota havia dito.
— Dois tipos de pessoas: as que estão vendo a Verdade e as que acham que veem…
Em qual eu me encaixo? O que é a Verdade?
Meu celular vibrou. Era o Pedro.
Meu estômago se revirou mesmo antes de saber o que havia na mensagem. Mil coisas se passavam pela minha cabeça.
Será que ele está bravo comigo? Ele não quer mais me ver? Ele não gosta mais de mim?

Era apenas um "oi", ele ignorou o que eu havia perguntado.
Enquanto eu esquentava o almoço que minha mãe tinha deixado, olhava meu celular a cada minuto, esperando que ele respondesse.
Nada.
Quando terminei de lavar a louça, chequei outra vez. Ele estava on-line, mas não respondeu.
Acho que ele cansou, eu nem sei o que ele viu em mim...
Eu sou tão comum… Por que um cara como ele ficaria comigo?

Até que percebi que não estava pensando no Pedro, apenas em mim. Logo, tudo o que a Nay havia dito no sonho e eu não tinha entendido começou a fazer sentido.

Eu não fiz nada de errado para ele ficar assim comigo, essa era a Verdade.
Ele só podia estar imaginando...
Meu celular vibrou. **Era ele.**

"AFFFFFFFFFFFF. Aquilo era realmente sério? Por que ele estava fazendo aquilo?"

Digitei uma mensagem, mas não enviei.

Lembrei novamente de Nay e de que as pessoas que imaginavam coisas não conseguiam ver a luz que emanava do garoto.

Eu sei que agora o Pedro pode estar imaginando muitas coisas, mas não vou retribuir da mesma forma. Eu gosto dele e não é porque já ficamos ou até podemos não ficar mais que vou deixar de gostar dele... Comecei a refletir.

Às vezes, as pessoas imaginam coisas e acreditam que elas estão acontecendo.
Isso acaba de alguma forma acontecendo pra elas, na cabeça delas, mesmo que não seja verdade.
E elas, presas nisso, não percebem, mas estão sozinhas.
Porque o mundo de imaginação delas é solitário e ninguém pode entrar.
Assim você se priva de aproveitar as pessoas ao seu redor, as priva de você.

Enviei uma mensagem para o Pedro.

Visualizado e não respondido.

4. Abandonada

CIJ-0844

Os sonhos haviam parado há dias, eu não conseguia mais encontrá-los. Às vezes eu questionava se tudo aquilo realmente havia acontecido.

Pedro tinha sumido, parado de falar comigo e eu não quis mais sair de casa. Fiquei fechada e sozinha com meus seriados no Netflix, não queria mais ver ninguém.

Eryn, Cynn e Nay haviam me falado coisas lindas e me fizeram acreditar que a vida poderia ser diferente.
Mas você é muito tola mesmo, Maria Clara. Como pude acreditar nisso?
A porta do quarto abriu.

— Maria Clara, mais um dia e você não saiu do seu quarto o dia todo... Vem jantar, filha.
— Não tô com fome.
— Você precisa comer.
— Não quero agora, mãe. Depois eu como.

Leia ouvindo: Go all the Way — Perry Farrell

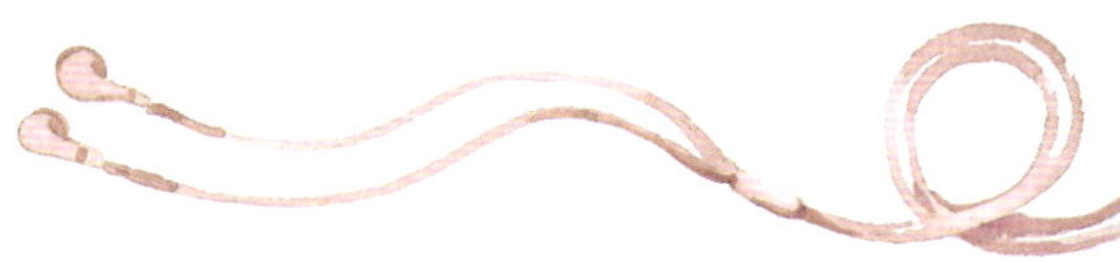

Era uma cidade pequena, e o céu estava cinza nublado, todas as luzes das casas estavam apagadas. Na rua principal, todas as lojas estavam abertas, mas vazias.

Andei pelas ruas daquela cidade,
mas não havia ninguém.
Não encontrava ninguém.
Eu não os encontrava.

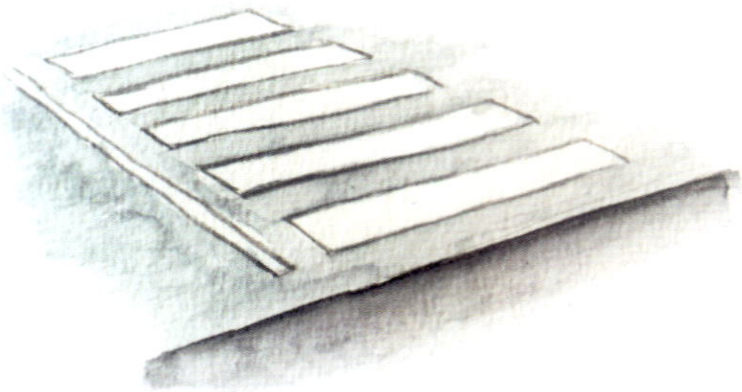

A cidade aparentava estar deserta, mas havia uma música alta tocando por todo o lugar. Eu tentava encontrar de onde o som estava vindo. Corri. Procurei. Era impossível. O desespero começou a tomar conta de mim. Era como se algo estivesse acontecendo e todos fizessem parte, menos eu.

Eu não fui convidada, mas eu queria estar lá, eu queria fazer parte, mas ninguém havia me chamado.

Senti meu coração apertado.
Às vezes eu sinto como se eu não importasse no mundo.
Como se minha presença fosse insignificante e, caso eu sumisse, nada mudaria e ninguém sentiria minha falta.
Como pude me enganar a ponto de achar que poderia fazer parte de algo importante e realmente significante?

Talvez a Nova Cultura fosse apenas um sonho bobo em meu coração, de tornar o mundo um lugar feliz, mas que no fundo nunca vai acontecer.

Leia ouvindo: Purpose — Justin Bieber

Em meio a todos meus questionamentos, pude ouvir alguém rindo.
Alguém estava ali? Rindo de mim?
— **Você acha isso engraçado?** — gritei, procurando-o.
Eu estava ajoelhada na rua em meio àquelas casas, em lágrimas.
Ele tinha o canto de seus olhos puxados e serenos, cor de avelã,
sua pele era morena. Sentado num skate, ele me observava
do outro lado da rua.
Ele esteve ali o tempo inteiro?
Continuou a rir de mim.

— O que você quer, garoto? — indaguei.
— Nada — respondeu ele, sorrindo.
— Então o que está fazendo aqui?
— Te observando. — Sorriu.
Me senti constrangida.
— Você acha isso engraçado?
— Sim.
— Por quê?

— A solidão é algo um tanto quanto engraçado. Para sentir-se só, você precisa se dedicar muito e imaginar muitas coisas. E mesmo assim você finge se fechar, mas isso não é possível, pois você sempre terá contato com os outros, mesmo que indiretamente, seja pedindo um café, um bilhete no metrô ou usando uma camisa que foi feita por alguém, ou mais profundo ainda... Simplesmente existindo.
— O que você sabe sobre solidão? O que você sabe sobre ser abandonado?
— Aqui, nesse planeta, todos se sentem abandonados.
— E você, não?
— Já me senti um dia, mas vi que não estava e nunca estive sozinho.
— Mas eu me sinto sozinha agora, eles me abandonaram.

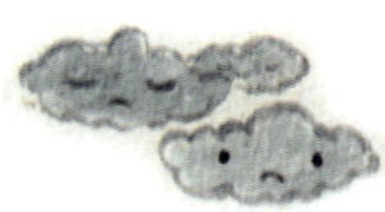

— O jeito que você escolhe ver o mundo apenas te prova que ele é assim.
— Eu não escolhi isso. Eu não quero isso.
— Ninguém pode mudar seu jeito de olhar, apenas você mesma, você é livre.
— Como você vê o mundo?

Ele começou a sorrir e, por um momento, pude ver o mundo pelos olhos do garoto.
Ele se chamava Koy, cantava e tinha em seu coração a arte. Agora, eu podia ver a sua visão sobre o mundo.

Vi as ruas ganharem Vida, tudo se tornou belo, puro e sem pecados. Por trás das pessoas daquela cidade, que agora já não era mais vazia, pude ver que existia algo que antes eu não me permitia ver: havia a Vida, e olhar para ela era como olhar para mim mesmo e lembrar-me da Vida que existia em mim.

Como pude pensar estar só?

TAN TIEN

Um sentimento de compaixão brotou em meu coração e a cada um que passava por meus olhos, eu sentia uma imensa vontade de cuidar dessas pessoas, e não havia mais necessidade de me isolar ou me defender, pois agora eu já não me sentia mais ameaçada por ninguém.

Acordei.

5. Salva

Leia ouvindo: Dollhouse — Melanie Martinez

— EU NÃO SOU MAIS UMA CRIANÇA! — gritei.

— **Você vai contar o que está acontecendo ou não vai sair, Maria Clara.**

— Filha, você ficou duas semanas enfurnada no seu quarto e agora tá dizendo que precisa sair? Com quem? Pra onde?

— Eu preciso encontrar meus amigos.

— **Que amigos, Maria Clara?**

— Vocês não conhecem.

— Você não vai sair e ponto. Suas aulas voltam amanhã.

— **Por favor!** — supliquei.

— Isso é para o seu próprio bem.

— **Vocês não sabem nem o que é bom para vocês, como vão saber o que é bom para mim? — gritei e corri para o meu quarto, trancando a porta.**

— Maria Clara, abre essa porta agora — meu pai gritava.

Ignorei.

— **TUDO BEM, SE VOCÊ NÃO ABRIR ESSA PORTA, VAI FICAR UM MÊS SEM SAIR E EU ESTOU FALANDO SÉRIO. SERÁ A PARTIR DE AGORA.**

Dito e feito.

Lembrei de Eryn, Cynn, Nay e Koy.
Eu poderia ficar com raiva dos meus pais, mas sabia que seria muito difícil para eles entenderem tudo o que eu estava vivendo, era algo totalmente novo nesse mundo e agora eu tinha uma única certeza: eu fazia parte daquilo.
Encarei o bilhete brilhante próximo ao abajur.

Mas como eu sairia de casa? Não tinha outra saída além da porta, que estava trancada.
Meu coração começou a ficar apertado e comecei a me sentir sozinha, igual em meu pesadelo.
Logo, em minha mente, veio novamente a voz de Koy e me lembrei do que ele havia me mostrado.

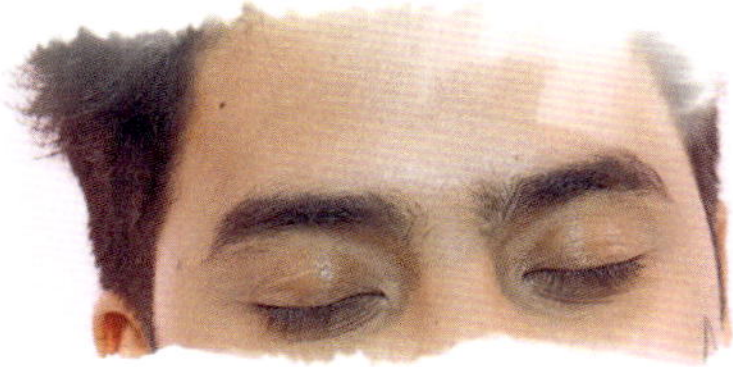

Não, não vou me sentir só.
Se minhas escolhas me levam a lugares de acordo com o jeito que eu vejo o mundo, então eu prefiro não me ver mais só.
Já estava quase na hora e eles estavam me esperando.
Era minha chance de conhecê-los e entender tudo o que estava acontecendo comigo.
O que eu poderia fazer?
Comecei a pensar.
Pensa, Maria Clara. Pensa.
Tive uma ideia.

Pensei em todos que poderiam me ajudar...
E me veio um nome à mente.
Não, ele nunca vai me ajudar.
Pedro ficou com a chave da minha casa no bolso da blusa dele, e eu não o vi mais depois da festa da Mari.
Ele pode abrir para mim e eu vou conseguir ir.
Mas e se ele não me responder? Não nos falamos há duas semanas.
Eu posso tentar.
Peguei meu celular e procurei o nome dele na lista de contatos.
Minha mão tremia.
Como eu explicaria isso para ele?
E se ele não entendesse? E se risse de mim ou achasse que estou louca?
Começou a chamar.
Ele recusou. Minha barriga gelou.
Não, Pedro, não.

Tentei outra vez, rejeitada de novo.
O medo tomou conta de mim. Ele ainda estava magoado comigo, talvez eu devesse me contentar em não encontrá-los, talvez eu não merecesse, devia ficar aqui e manter minha vida do jeito que ela sempre foi.
Não.
Não.
Sentei em minha cama.
Fechei meus olhos e pedi sinceramente.
— Por favor, Deus, eu quero a Verdade. Me ajude a encontrá-la.

Leia ouvindo: Bloom – The Paper Kites

Meu celular vibrou. **Era ele.**

— PEDROOOOOOOO, QUE BOM QUE VOCÊ LIGOU! EU TÔ TÃO FELIZ!!!!! Comecei a comemorar.
— Oi, Maria Clara, eu estava em outra ligação. Aconteceu alguma coisa? — disse, seco.
— Não vou conseguir explicar agora, mas preciso de um favor seu. Nunca te pedi nada. — Sorri.
— HAHAHA, você não fala comigo há duas semanas e agora quer um favor? Eu nem devia ter retornado... Fala.
— Minha chave de casa ficou no seu moletom no dia da festa da Mari.
— Ah! É isso? Sim, está comigo, guardada, fiquei esperando você me pedir...
— Pe, preciso que você venha em casa e abra a porta pra mim. Eu tô trancada.
— Como assim? Agora?
— Sim... Agora.
— Você não pode usar a chave dos seus pais?
— Eles me trancaram. Admiti.
— Não quero me envolver em nenhuma encrenca, Maria Clara — disse ele, sério.
— Não vai, Pe! Prometo, eu me responsabilizo por tudo, mas tenho algo marcado e preciso ir.
— Algo marcado? Tão importante a ponto de fugir? — perguntou ele.
— Vem e eu te explico aqui, me manda mensagem quando chegar que eu te aviso quando a barra estiver limpa.
— Tá... — ele desligou.

Levantei e saí do quarto, como se nada tivesse acontecido, e fui pra cozinha. Eles estavam vendo TV na sala, que é de frente para a porta de entrada. Me observaram passar e não disseram nada.

Droga, pensei. *Meus pais não podem me tratar como se eu tivesse dois anos de idade.*

Calma, Maria Clara, pensa, pensa. O que algum deles faria agora?
E veio em minha mente: **Confie**, na voz de Eryn.

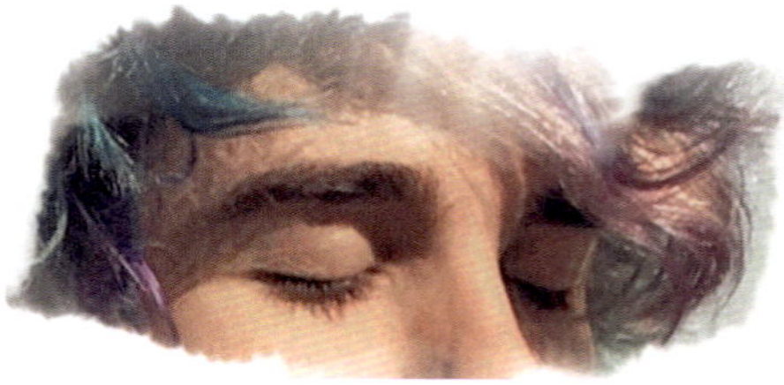

Enquanto tomava um copo de água na cozinha, pude ouvi-los desligando a TV e indo para o quarto.
Comemorei em silêncio.
Meu celular vibrou. Era o Pedro, ele estava chegando.

Gelei.

E agora? O que eu ia falar pra ele? Como eu ia explicar que iria encontrar o tal garoto de cabelo rosa...

A maçaneta foi virando e eu ainda não tinha a mínima ideia do que dizer.
Como ele poderia entender que eu ia encontrar O Garoto do Sonho?
Ele ainda me vê como uma garota boba que deu um fora nele! Ele nunca vai me ouvir sobre a Nova Cultura ou outros planetas e sobre a comunicação através de sonhos. Ele vai achar que eu bati a cabeça ou fiquei louca.

— Oi, Claire — sussurrou ele, olhando em meus olhos.
— Vamos! — falei baixinho e fechei a porta vagarosamente.
Eu o encarei e pude perceber que ele estava diferente.
— Calma! Antes você vai me contar pra onde você está indo, não quero ser responsabilizado caso você morra ou sei lá... Eu fui o último a falar com você e não quero que pensem que fui eu que te matei. — Sorriu.
— Você pode me dar uma carona? Eu te conto no caminho.
— Pode ser, pra onde vamos?
— Para o mirante da cidade.

Entramos no carro, ele colocou o endereço no GPS e ficou me olhando, esperando que eu falasse algo.
Meu coração estava apertado... Eu estava em conflito, havia algo errado.
Em minha mente veio a voz de Eryn.
Você nunca precisa mentir, nunca, seja Clara.

— ESPERA, PE! — disse, enquanto descia do carro.
— Você esqueceu algo? — perguntou ele, enquanto eu voltava pra casa.
— Já volto! Fica aí! Preciso resolver algo.

Na Nova Cultura não há mentiras e eu não iria enganar ninguém.
O Amor não mente.

Entrei em casa e fui até o quarto dos meus pais.

Meu pai assistia TV e minha mãe lia um livro com o abajur ligado. Olharam para mim, tentando entender o porquê de eu estar ali no quarto deles.
Me sentei no canto da cama, pensei em tudo o que estava acontecendo e antes que eu dissesse algo, ele falou:

— Filha, você está bem? — Ele me encarava com um olhar preocupado.
— Eu tô bem, mesmo.
— O que está acontecendo? Você pode nos contar... — disse minha mãe.
— Eu sei que eu posso. Eu tenho passado por muitas mudanças de um mês pra cá... — suspirei.
— Maria Clara, você ficou as últimas semanas das suas férias trancada no quarto e agora, no último dia, diz que vai sair sem ao menos dizer pra onde, ou com quem... — ela continuou.
— E o Pedro? O que aconteceu? Ele gosta muito de você — perguntou meu pai.
— Ele tá aqui na porta, me esperando.
— Como assim? Agora?
— É, eu pedi pra ele me dar uma carona até o mirante, porque eu combinei de ver o pôr do sol com meus amigos e o Eryn.
— Quem é Eryn?
— Vocês não conhecem, é um garoto que eu conversei uma vez, mas só conheci mesmo na festa da Mari. Mas o Pedro vai comigo e vocês conhecem o Pedro.

Percebi que eles estavam tentando entender por que o Pedro me levaria para ver outro garoto.

— Mas, calma, ele não é meu crush, peguete, nem namorado...

— **Crush?** Perguntou ela.

— É quando você tem uma paixonite por alguém, mãe. Mas ele é meu parceiro, ele é um garoto fofo demais, que não é desse planeta, de tão legal que ele é. É muito bom estar com ele, conversamos sobre tudo e eu quero encontrá-lo hoje, é muito importante pra mim.

Ao falar a verdade, vi que o semblante deles sossegou...

— Nós não queremos te tratar como se você fosse um bebê, mas nós te amamos e nos preocupamos com você.

— Eu também amo vocês, infinito.

Me joguei na cama e os abracei.

Minha mãe colocou o livro na cabeceira e me deu um beijo.

E nesse momento aprendi algo.

Eu nunca preciso tomar decisões em cima de mentiras, com o coração apertado.

Quando você é verdadeiro, seu coração fica em paz. Na Nova Cultura não há mentiras.

— Se o Pedro vai te levar, tudo bem — disse meu pai.

— Vai logo, porque já são quase 17h e o sol vai se pôr.

Leia ouvindo: Hey There Delilah – Plain White T's

Corri, agora com meu coração em paz de contar a Verdade. Abri a porta do carro e sentei.

Pedro estava lá me esperando, ouvindo aquela banda que nós tanto amávamos.

Eu não sabia por onde começar. Tudo que eu ouvi no último mês passava pela minha cabeça.

O rosto de cada um deles passava em minha mente.

— Lembra do garoto que eu havia sonhado?

— Eu não quero falar sobre isso — disse ele, encarando o volante.

— Calma, não imagine nada.

— Eu não estou imaginando.

— Me ouve, Pe.

Ele concordou, enquanto ligava o carro.

Pedi para que ele me ouvisse, enquanto dava partida.

— É como se eu já conhecesse ele, não só ele, mas todos seus amigos, eles não...

Como eu iria dizer que eles eram de outro planeta e estavam aqui em missão? Ai, meu Deus.

— Eles não são exatamente daqui... — falei rapidamente.

Não sei se ele vai entender.

— Eles não são brasileiros? — questionou.

— É, eles não são brasileiros...

— E daí?

— Nem humanos — falei e franzi a testa.

Sua expressão mudou.

— Como assim, Maria Clara? — Ele me encarava. — É sério que você caiu nessa? Eu sempre soube que você era ingênua, mas nem tanto.

Passaram mil coisas pela minha cabeça e uma delas era xingá-lo de escroto e pedir para que parasse o carro, mas eu já não pensava mais assim. Eu acharia outro jeito.

Então me lembrei do que Nay havia dito:

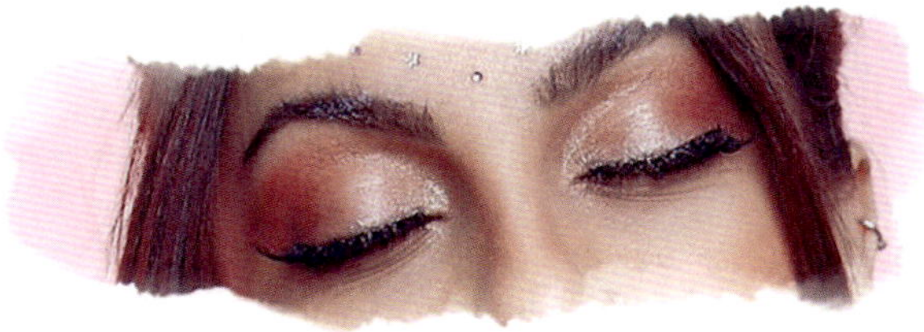

"Quando se está na escuridão e a luz chega, para que você possa vê-la, é preciso estar de olhos abertos. Para ver a luz, é necessário admitir que ainda não a vê."

Pedro não estava vendo, ele não ia entender o que eu estava tentando falar.

Comecei a observar seu olhar confuso enquanto dirigia e pude perceber o quanto gostava dele e via nele um garoto fofo que estava crescendo e tendo que tomar decisões que lhe davam muito medo. Medo do mundo. Ele só estava com medo. Quem nunca sentiu isso em algum momento? O mundo é feito desse medo.

Olhar para ele era reconfortante, por conseguir vê-lo por trás de tudo aquilo.

Ele me olhou enquanto estávamos no sinal vermelho e o silêncio continuou durante o trajeto.

— Eu gosto muito de você — falei.

Leia ouvindo: Sæglópur – Sigur Rós

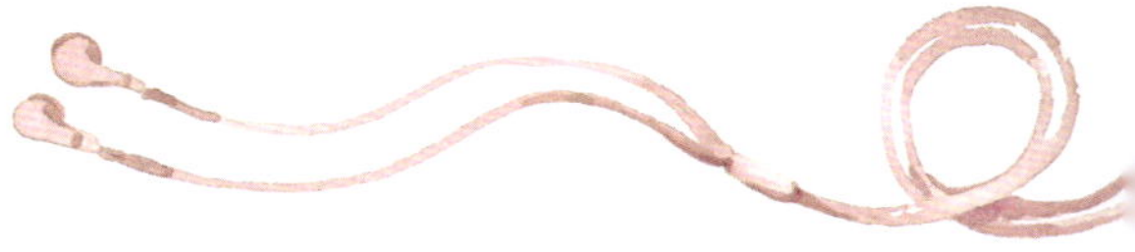

Sua expressão séria de homem amoleceu, e por um segundo ele virou um menino.

— Eu não sei se você gosta de mim, sério. Pois quando gostamos de alguém, ficamos juntos com a pessoa. Mas eu sempre gostei de você, Claire, desde quando te conheci.

Lembrei do que Cynn me falou sobre estarmos juntos por um propósito.

"Do único que pode realmente unir as pessoas. Quando você tem um propósito verdadeiro no mundo, você se une com aqueles que também têm o mesmo objetivo."

Eu queria estar perto dele, mas talvez nós quiséssemos coisas diferentes...

Eu queria encontrar meu propósito. Propósito verdadeiro.

— Pe, você confia em mim? — perguntei.

— Confio.

— **Existe outro jeito de viver.**

Ele olhou pra mim.

— Sem tristeza, sem buraco no peito, sem acordar, comer, dormir, acordar, viver sem propósito. E a cada dia eu aprendo um pouco mais, e a cada mudança em mim, vejo que não estou só e quero compartilhar com todos.

— Você tá diferente — disse ele, fitando a rua.

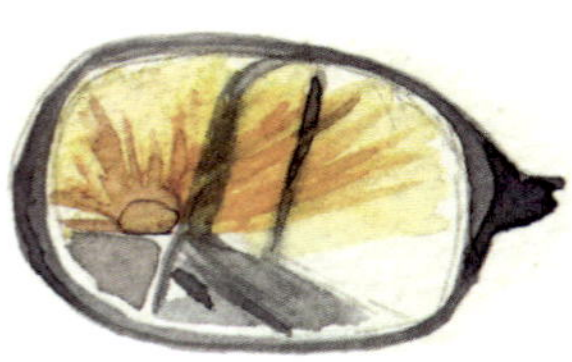

Os raios do pôr do sol batiam em seu rosto.

— Talvez agora seja difícil pra eu entender... — continuou ele.

Chegamos.

— Você faz parte disso.

— **Eu?** — disse ele, surpreso.

— Sim, você.

— Não sei... Mesmo.

— Vem comigo?

O carro foi parando lentamente e um silêncio preencheu tudo.

Ele beijou minha testa e logo pude entender.

— Obrigado, Claire. Foi muito bom te ver.

Eu o abracei apertado e sabia que aquela não era a última vez que eu o veria.

— O sol tá se pondo! — disse ele.

Olhei em seus olhos, e uma lágrima escorreu sem que eu pudesse perceber.

Ele a enxugou com a manga da camiseta xadrez.

— Claire, posso te fazer uma pergunta?

— Claro — disse, ao tirar o cinto.

— O que você quer?

— Salvar o mundo — assumi.

Ele sorriu e me abraçou por um bom tempo.

Eu gostava do cheiro de sabonete que ele tinha.

Desci do carro.

Contar para o Pedro o que eu estava fazendo aqui fez eu me sentir mais próxima de mim mesma e fez meu coração ficar em paz. Eu jamais iria mentir para qualquer um que cruzasse meu caminho.

Fui entrando na trilha que levava até o mirante da cidade. De longe, pude avistá-los.

☆☆☆

Eles estavam juntos. Comecei a correr.

Uma sensação de liberdade tomou conta de mim, tão forte como eu nunca havia sentido antes.

E, ao correr na direção daquele grupo do qual agora eu fazia parte, tudo fez sentido...

☆☆☆

O que eu mais queria era que A Nova Cultura chegasse ao mundo. Eles me abraçaram e, olhando cada um deles, alegres e receptivos, pude ver que estávamos apenas continuando um trabalho que há muito tempo vem sendo feito no mundo.

☆☆☆

Um trabalho que Jesus, Buda, Kaw Yin e Yan Yin e muitos outros representantes do Amor há milhares de anos começaram.
Agora era a hora de todos viverem tudo aquilo que com muito Amor foi ensinado.
Eryn pegou em minhas mãos, olhou em meus olhos, enquanto Nay, Cynn e Koy nos observavam, felizes.
Ele me abraçou e sussurrou:
— A Nova Cultura chegou.

E pra você, doce leitor, que chegou até aqui depois de toda a nossa jornada, estamos juntos. Saiba que o Amor não é só um sentimento bonito que pessoas especiais vivem em textos, filmes, músicas, livros ou em um relacionamento.
O Amor inclui a todos e é uma decisão que devemos tomar a cada segundo.
E, diante de qualquer um que nosso caminho cruzar, escolha ser esse lembrete do Amor que somos, até que o último possa se lembrar.
Assim, para casa, onde nosso Pai nos aguarda, iremos retornar.
Pois, se você está lendo isso agora, saiba, a Nova Cultura no planeta Terra acaba de chegar.
E você faz parte disso. Pois, assim como Maria Clara e todos: você foi criado para Amar.

Te amo infinito.
Eryn, Erick Mafra.

☆☆☆

Você se identifica com a Maria Clara e sua história?

Encontrou em você as mesmas dúvidas, medos e inseguranças? Você também quer fazer parte da Nova Cultura onde o Amor é a única lei, pois todos reconhecem que estamos conectados? No fundo **#SomosTodosMariaClara** em busca de respostas e de um propósito verdadeiro no mundo. Conta pra gente o que você sentiu e o que te tocou na primeira temporada de O Garoto do Sonho, com a hashtag **#SomosTodosMariaClara**. Mande um vídeo no Insta, YouTube ou um texto e mande o link pelo e-mail contato@erickmafra.com.br
Eu, Nah, Camila e Koba vamos assistir juntos ao seu vídeo <3

Galáxia de Órion

MISSÃO INTERGALÁCTICA DE IMPLANTAÇÃO
DA NOVA CULTURA

M.I.I.N.C.

O QUE É A M.I.I.N.C.?

A M.I.I.N.C. reúne todos os seres que despertaram para a Verdade sobre si e sobre todos, que é a consciência do Amor. A M.I.I.N.C. é a união de todos os cuidadores universais e todos que entregaram suas vidas e existências em um só coração, com uma única missão de um plano maior de resgate em que são representantes da Luz em vários pontos do Universo. A M.I.I.N.C. é totalmente baseada nas Leis Imutáveis e Universais do Amor e apenas reconhece que essas Leis são de direito de todo ser vivente existente no Universo, por mais que ele ainda não saiba, e é por isso que a M.I.I.N.C. existe, para que todos se lembrem do Amor e das Leis que os cercam e de que todos são muito amados e amáveis, pois todos são feitos de Amor, e que todos estão conectados, mesmo que tenham esquecido, pois todos são Um com seus irmãos e com seu Criador.

Leia ouvindo:
Window - The Album Leaf

ALLANDYS

O planeta Allandys, conhecido como Ally, a “Cidade dos Anjos” ou “Base do Esquadrão de Anjos”, fica ao sul da Constelação de Órion no esquadrão 1122 e foi um dos primeiros planetas a receberem e aceitarem a Cultura Universal do Amor.
Todos conhecem Allandys por sua beleza, a doçura de seus habitantes, que são conhecidos como “anjos”, e a harmonia das cores marcantes de sua galáxia, em tons de rosa pastel, azul-claro e um roxo prateado que, uma vez apreciados, nunca mais se pode esquecer.
E é lá que a M.I.I.N.C. estabeleceu uma de suas maiores bases desde o início dos tempos.

ERYN

Desde pequeno, Eryn tinha sonhos em que podia ouvir vozes e pedidos de ajuda a milhares de quilômetros de distância em sua mente, sem saber de onde vinham os pedidos. Sem que ninguém pudesse ajudá-lo, Eryn ainda pequeno foi para a base da M.I.I.N.C., que o recebeu e o acolheu com muito amor, ajudando Eryn a entender suas habilidades que nada mais eram do que características naturais de alguém que tem em seu coração um genuíno interesse pelas pessoas e uma única intenção: amar.

Eryn foi aprendendo a lidar com suas habilidades em Allandys e, a cada dia, pôde entender mais intensamente que não poderia ignorar o fato de que há pessoas sofrendo em algum lugar.

Eryn começou a entender que as vozes em sua mente e em seus sonhos vinham de um lugar, um planeta onde havia milhares de dóceis anjos que não se lembravam de quem eram e viviam suas vidas completamente tristes e com seus corações vazios, esquecidos de amar.

Toda noite, Eryn tinha o mesmo sonho, em que andava pelas ruas desse planeta chamado Terra, junto com mais três seres que tinham em seu coração a mesma intenção de ajudar aquele lugar.

Foi assim que, após atender o alarme de seu coração, Eryn propôs à M.I.I.N.C. a missão de irem ao Planeta Terra falar sobre a Cultura de Amar.

A M.I.I.N.C. avisou Eryn que essa missão era muito delicada e que as pessoas do Planeta Terra não estavam

totalmente prontas para se desapegar das suas certezas sobre a Vida, Deus, Universo e, finalmente, despertar.

Mas Eryn podia ouvir os pedidos de ajuda que vinham daquele planeta e sabia que, no fundo de seu coração, essa era sua missão.

Foi assim, então, que, com essa sincera decisão, a M.I.I.N.C. deu a Eryn a tarefa de recrutar mais três irmãos do Universo para essa missão: Planeta Terra.

Assim, meus irmãos, começamos a nossa Missão.

Pois quem vê Eryn nunca se esquece, ele se torna um lembrete de algo que todos são: amáveis, doces e inocentes.

Por trás dos cabelos coloridos com tons de rosa, azul e o roxo, como o céu de seu planeta, e da jaqueta colorida, há uma mente quieta que ouve tudo e todos os seres do universo.

Eryn carrega uma promessa em seu coração, de ser um ponto de conexão com o que todos realmente são: Amor.

Onde alguém chamar, independente do lugar, Eryn estará para relembrar, basta nele pensar.

Eryn é Forte porque o Amor é Força. Eryn é Gentil porque não se sente ameaçado pelas pessoas, mas compartilha a Vida com elas. Eryn é Alegre porque a Vida é Alegre. Eryn é Doce porque a Vida é Doce e é Perfeita. Eryn confia em si mesmo porque confia em todos, confia na Vida e confia em Deus.

ESPÉCIE

Um ser da Nova Cultura angelical e alienígeno.

DOM

Eryn é um ser ouvidor do universo, pois sua mente é quieta e seu coração aberto, basta pensar em Eryn e ele estará lá.

FUNÇÃO

Ser um ponto de conexão de todos os seres com a realidade da existência.

FRASE

"Eu te amo infinito"

META

Atender com devoção todos os chamados do coração e resgatar todos os seres. Ninguém será esquecido.

OBJETIVO DE SUAS AÇÕES

Lembrar a todos que são felizes.

TALENTO

Escuta e confiança.

ATRIBUTOS

Bondade, simplicidade, doçura e pureza.

POSICIONAMENTO

Eryn vive exercendo a sua plenitude e vivenciando o céu. Ele é livre para ser ele mesmo e servir a quem o chama. É alegre e tem muita disposição para trabalhar no seu propósito. O propósito de que todos retomem a visão mais pura de si mesmos.

SÍMBOLOS

Céu, estrelas, nuvens e doces.

CORES

Tons pastel de rosa, azul e roxo.

PUMA

Leia ouvindo:
Moonlight Song - Ariana Grande

BLUE MOON

Ao sul do cinturão de Órion, próximo às três Marias, onde as estrelas nascem e os céus têm tons de rosa, com azul e roxo, há uma pequena lua chamada de Blue Moon, pois ela reflete tons de azul-claro... Essa pequena lua acompanha um belo e grande planeta chamado Allandys.

Allandys, também conhecido por Ally, é um planeta onde fica uma das bases da M.I.I.N.C. Em sua lua Blue Moon, foi construído um grande observatório espacial, que é utilizado para contemplação de outros planetas, estrelas, galáxias e estudos de outras culturas.

Nesse grande observatório intergaláctico, você pode ter uma visão sistêmica do universo. Além do grande observatório, a lua Blue Moon tem a primeira Escola onde voluntariamente jovens de Allandys estudam e dedicam suas vidas observando e trocando informações com outras culturas do Universo, conhecida como Allandys Heart Connection School for the Universe, A.H.C.S.U.

Os habitantes do planeta Ally podem visitar o observatório periodicamente com viagens à Lua. Foi assim, em uma viagem à Lua de Allandys, que Eryn conheceu a pequena Cynn.

Aqueles que viajam até Blue Moon sempre se encantam com a vista, com todos com seus tons tão vívidos de um rosa, azul e roxo antes nunca vistos, mas ao aterrissarem em seu solo fértil e cheio dos mais variados tipos e espécies de flores e plantas se encantam com a imensa "Floresta Azul" que envolve toda Blue Moon e a mantém iluminada pelas cores que variam dos mais diversos tons de azul e fazem jus ao seu nome. Uma grande e densa floresta que é com todo carinho cuidada pelos alunos da Escola A.H.C.S.U. Apenas uma única visita é o suficiente para nunca mais se esquecer desse doce e mágico cenário, com árvores de troncos azulados e flores que emanam luzes azuis em sua fluorescência.

Blue Moon é um lugar acolhedor para todos aqueles que têm em seu coração um espírito explorador, interessado e aventureiro.

CYNN

Quando pequenina, a curiosa Cynn durante uma excursão escolar para conhecer o Observatório de Blue Moon se desgarrou de seu grupo e – com a ajuda de suas anteninhas, que estão por detrás dos coques de seus cabelos - acabou descobrindo habitantes locais que viviam no subterrâneo da lua.

Foi lá que encontrou a A.H.C.S.U., uma escola dedicada a treinar e conectar os habitantes de Allandys que decidiram entregar suas vidas a um propósito que une todos num só coração. Cynn ainda pequena fez tudo que podia para se tornar uma aluna, mas só anos depois foi aceita.

Um dia acompanhando uma turma de uma escola de Allandys numa excursão ao Observatório, o comportamento de um garoto de cabelos coloridos chamou a atenção de Cynn e de suas anteninhas.

Ela podia sentir que havia algo com o garoto, logo se aproximou dele e perguntou o que estava acontecendo.

O garoto lhe disse sobre um lugar onde as pessoas precisavam de ajuda, sobre os pedidos que podia ouvir em sua mente por meio dos pesadelos que vinha tendo. Cynn prontamente se dispôs, por meio do Observatório, a encontrar que lugar era este.

Rapidamente descobriram a exata localização de um planeta onde todos se esqueceram do Amor.

Cynn, ao descobrir, então dedicou todo seu tempo à Escola de Blue Moon, pesquisando sobre culturas que ainda não viviam a Cultura do Amor.

Desde aquele dia em que conhecera Eryn, tudo mudou para Cynn e ela nunca mais se esqueceu disso, pois um alarme tocou em seu coração. Sua compaixão a fez atender a esse chamado e tomar uma única decisão: Eu não posso viver sabendo que há pessoas que vivem suas vidas esquecidas da sua Doçura, do Amor e do Carinho como se a vida fosse apenas isso. De agora em diante, eu lembrarei um a um, até que todos se recordem. Eu prometo a todos, pensou consigo mesma.

E, após essa promessa, Eryn, que já conhecia Cynn por viverem desde pequenos em Allandys, a chamou num sonho para a missão de relembrar o Amor para seus irmãos no planeta Terra.

Cynn atendeu o alarme do seu coração com um sorriso no rosto e imensa gratidão, pois sabia que aquela era a sua missão. E topou o recrutamento da M.I.I.N.C., junto com Eryn, Nay e Koy nessa missão.

Aqueles que cruzam o olhar com Cynn, sempre sentem algo parecido: ''Ela é tão forte e doce!''; ''Entendi que minha força está no amor!''; ''Dá vontade de abraçar bem apertado e nunca mais soltar...''; ''É como se seus olhos transmitissem doçura e inocência e você ficasse hipnotizado, é muito aconchegante olhar para Cynn''...

Cynn mostra a todos como a vida pode ser doce e como podemos lembrar isso a quem ainda não despertou para a Verdade.

Com seus coques, mechas azuis, escamas rosinhas nas bochechas e pintinhas azuis brilhantes por todo o corpo, suas expressões só podem vir de um lugar: do planeta fofura.

Cynn demonstra que nossa força está na doçura.

ESPÉCIE
Um ser da Nova Cultura angelical e alienígeno.

DOM
Cynn tem, apesar do olhar sério, uma expressão doce e serena, pois é uma criatura observadora.

FUNÇÃO
Ser um ponto de conexão de todos os seres com a verdadeira função dos relacionamentos.

FRASE
"Quando você tem um propósito verdadeiro no mundo, você se une com aqueles que também têm o mesmo."

META
Ser a própria Presença que desperta em todos o Amor de Deus.

OBJETIVO DE SUAS AÇÕES
Lembrar a todos que são amorosos.

TALENTO
Observação e transmutação de medo em amor.

ATRIBUTOS
Presença, serenidade, carinho, luz e união.

POSICIONAMENTO
Cynn vive exercendo a sua plenitude e vivenciando o que sente no relacionamento com Deus. Ela é livre para transitar em qualquer cena, transmutando o medo em Amor verdadeiro. É serena e tem muita prontidão para influenciar cenas de conflito, ensinando a escolha pela sensação verdadeira, que vem da Vida e de Deus.

SÍMBOLOS
Flores e elementos da natureza.

CORES
Tons de azul.

Leia ouvindo:
You - Petit Biscuit

AURORA

Nas estrelas de uma galáxia distante, onde os céus têm raios nas cores violetas, em um lugar onde todos vivem a cultura da paz, em todos os cantos há cristais e a dança é um ritual de compartilhar a alegria da vida, existe Aurora.

Em um planeta confederado pela M.I.I.N.C., que já vive a Nova Cultura, as leis de Aurora são todas baseadas nas Leis Universais do Amor.

Aurora é bela em cada detalhe, de suas grandes construções que se parecem com enormes castelos feitos de mármore branco, até suas florestas e campos em tons de lilás e roxo.

O solo é cheio de um tipo de cristal púrpura que está presente em todos os detalhes da cidade. Seu povo é conhecido por sua expressividade, delicadeza e leveza em tudo o que faz, e por seus rituais de dança em que todos podem participar, como um grande movimento, pois a dança em Aurora é um ritual de contato com a Vida.

Os habitantes desse doce planeta costumam pintar lindos arabescos com tinta branca sobre sua pele para que seus movimentos fiquem ainda mais expressivos.

VAY

E é em Aurora onde vive a doce e pequenina princesa Nay.
Ao ver Nay, você facilmente se lembrará de uma pequena fada, só que não uma fada da floresta, mas uma fada das estrelas.
Por trás de seus movimentos leves, tão leves quanto uma dança, e dos cristais púrpura que saem de todo seu corpo e se mostram em seus gestos com as mãos que inspiram, há uma decisão: comunicar para as pessoas que

a Vida pode ser alegre e compartilhada com todos os seres do Universo, numa dança perfeita em que todos estão incluídos. Foi por essa sincera decisão de seu forte coração que Eryn a encontrou e junto com a M.I.I.N.C. a recrutou para a missão de implantar a Nova Cultura no Planeta Terra. Quando Nay recebeu a mensagem de Eryn em um sonho, não teve dúvidas, pois um alarme tocou em seu coração confirmando para ela que aquela era a sua missão: ir para aquele doce, mas esquecido planeta, relembrar seus irmãos que podemos dançar ao som de uma única melodia, na batida do coração, que nos relembra de Amar.

ESPÉCIE

Um ser da Nova Cultura de miscigenação entre fadas com estrelas da galáxia.

DOM

Nay é dotada de elevada consciência e criatividade. Compreende a origem e a natureza de cada elemento do Universo e o ilumina com expressões inspiradas por Deus.

FUNÇÃO

Ser para todos os seres uma guia para a realidade por meio da inspiração.

FRASE

"Quando se está na escuridão e a luz chega, para que você possa vê-la, precisa estar de olhos abertos, e para ver a luz é necessário admitir que ainda não a vê."

META

Resgatar em todos o contato com a Perfeição.

OBJETIVO DE SUAS AÇÕES

Usar os sentidos para harmonizar a vivência de todos os seres com o universo.

TALENTO

É alegre, comunicativa e expressiva. Seu coração é aberto para compartilhar por meio da inspiração. Seus gestos inspiram e cuidam do Universo.

ATRIBUTOS

Comunicação, inspiração e perfeição.

POSICIONAMENTO

Circula sobre os céus da galáxia dançando ao ritmo do universo. Possui grande energia para se comunicar e sensibilidade para compartilhar a inspiração. Nay atua para resgatar em todos o contato com a perfeição, transmutando a percepção da imaginação para a realidade.

SÍMBOLOS

Cristais, luzes e fenômenos estelares.

CORES

Tons de violeta.

Leia ouvindo:
Saturn - Adam Young

HALCYON

Numa galáxia distante, por trás dos anéis de Halcyon e seu Céu sempre prateado, há muita história. Lá existe um planeta sem vegetação e com muitos desertos, porém com alta tecnologia, que após a relembrança do Amor, passou a usar todas as ferramentas disponíveis na direção da união.

Halcyon fornece tecnologia e conhecimento tecnológico para todo o Universo, e também faz parte da M.I.I.N.C. desde que se tornou um planeta da Nova Cultura.

Uma grande metrópole intergaláctica muito movimentada, com naves e veículos futuristas e prédios monumentais que contrastam com um gigante deserto ao fundo.

Não é conhecida só pela sua tecnologia, mas pela história do Príncipe de Halcyon, que, em um ato de amor, ao ver que a tecnologia estava consumindo seu planeta e seus habitantes, tomou a decisão de trazer o contato com a arte para Halcycn por meio da música, atendendo o alarme de seu coração.

KOY

Aqueles que veem sua capa esvoaçante pelos desertos, seu coturno e os símbolos impressos por todo o corpo, olhos doces cor de avelã e uma guitarra branca, que está sempre com ele, não têm dúvida de que aquele é o Príncipe Koy. Koy, mesmo sendo um príncipe, nunca viu distância entre as pessoas, sua rotina é em comunhão com todos os seres, assim como a sua vida e dedicação. Decidiu usar a arte com uma única decisão em seu coração: "Não permitirei que as pessoas esqueçam a Verdade sobre o que somos. Usarei tudo como ferramenta para lembrá-las." Foi assim que ele trouxe a mensagem de Amor para seu planeta, relembrando seus habitantes do propósito por trás das coisas, de algo maior, da relembrança do Amor.

Hoje, transmite por meio da música uma mensagem de Paz e Igualdade entre todos os seres por qualquer galáxia que cruze.

Aonde Koy chega, todos aquietam seus corações e fazem rodas para que ele toque suas doces e envolventes canções que ecoam por todas as constelações como um hino de Amor e Paz.

Para Koy, tudo pode ser uma ferramenta para compartilhar algo verdadeiro e, conhecendo a história de Koy, Eryn o chamou num sonho para a missão de ajudar o planeta Terra em seu despertar para o Amor. Koy não precisou pensar para aceitar, pois em seu coração sabia que aquela era a sua missão.

Recrutado pela M.I.I.N.C. junto com Nay, Cynn e Eryn, ele promete usar a música como uma ferramenta para acordar o coração de seus irmãos adormecidos do Planeta Terra.

ESPÉCIE

Um ser da Nova Cultura robótico e alienígeno.

DOM

Koy é um ser futurista e pacífico. Tem o dom do som e percebe as vibrações do universo, identificando todos os sentimentos presentes em cada momento do tempo e do espaço.

FUNÇÃO

Ser para todos os seres uma guia para a realidade por meio da inspiração.

FRASE

"O que Deus criou é puro e eterno."

META

Elevar a consciência de todos os seres ao reconhecimento da Unidade.

OBJETIVO DE SUAS AÇÕES

Demonstrar a visão do final do tempo, engajando todos os seres na Unidade.

TALENTO

É objetivo e unicista. Sua consciência é aberta para comunicar a visão do final dos tempos. Por meio da vibração de cada ponto da relação espaço-tempo, usa o som para unificar a consciência de todos os seres na vibração da Realidade.

ATRIBUTOS

Imutabilidade, passividade e sensibilidade.

POSICIONAMENTO

Por ser plenamente pacífico, Koy viaja pelo espaço e o tempo através de disponibilidade vibracional. Usando o som, unifica vibrações em um único tom, revelando a presença da Vida eterna em todas as ocasiões. Koy emite informações e vibrações que geram contato de todos os seres com a Unidade da Realidade Divina.

SÍMBOLOS

Instrumentos musicais e skates futuristas.

CORES

Tons acinzentados, prateados, azuis e preto.

FICHA DE INSCRIÇÃO NA M.I.I.N.C

FOTO

ESPÉCIE

DOM

FUNÇÃO

FRASE

META

OBJETIVO DE SUAS AÇÕES

TALENTO

ATRIBUTOS

POSICIONAMENTO

SÍMBOLOS

CORES

RECORTE SEUS INGRESSOS PARA A NOVA CULTURA

PLANETA
ALLANDYS

VOO: 1122
NAVE: ERN1122

LOCAL: SEU CORAÇÃO ♥
DESTINO: NOVA CULTURA

PLANETA
ALLANDYS

VOO: 1122
NAVE: ERN1122

LOCAL: SEU CORAÇÃO ♥
DESTINO: NOVA CULTURA

PLANETA
BLUE MOON

VOO: 2233
NAVE: CNN2233

LOCAL: SEU CORAÇÃO ♥
DESTINO: NOVA CULTURA

PLANETA
BLUE MOON

VOO: 2233
NAVE: CNN2233

LOCAL: SEU CORAÇÃO ♥
DESTINO: NOVA CULTURA

PLANETA
AURORA

VOO: 3344
NAVE: NAY3344

LOCAL: SEU CORAÇÃO ♥
DESTINO: NOVA CULTURA

PLANETA
AURORA

VOO: 3344
NAVE: NAY3344

LOCAL: SEU CORAÇÃO ♥
DESTINO: NOVA CULTURA

PLANETA
HALCYON

VOO: 4411
NAVE: KOY4411

LOCAL: SEU CORAÇÃO ♥
DESTINO: NOVA CULTURA

PLANETA
HALCYON

VOO: 4411
NAVE: KOY4411

LOCAL: SEU CORAÇÃO ♥
DESTINO: NOVA CULTURA

TIRE UMA FOTO DA SUA FICHA PREENCHIDA,
E MANDE PRA GENTE PELAS REDES!

@OGarotoDoSonho

@OGarotoDoSonho

OGarotoDoSonho

O Garoto do Sonho

2ª TEMPORADA

1. Recrutada

☆☆☆

Eu podia ouvir sua respiração enquanto ele fitava o horizonte.
Uma leve brisa sussurrava e tocava nossa pele enquanto a cidade dormia.
Ele apoiava sua mão sobre minha cabeça enquanto eu estava debruçada sobre seu ombro.
Que louco. Pensei, ao olhar aquela cena.
Foi aqui que conversamos pela primeira vez. No alto desse prédio.
Com o mesmo céu, como se nada houvesse mudado.
Nossa. Me dei conta de que era meu último dia de férias, mas aquelas férias pareciam ter durado anos…
Ele sorriu.

— Eryn, eu mudei… MUITO… — disse, ainda sem acreditar em tudo que havia acontecido comigo.
Ele me puxou e deitei em seu colo.
Ele me observava com seus olhos dóceis e eu podia ver o céu e as estrelas por trás dele.
Continuou me encarando com aquele sorriso de lábios cerrados.

— O que foi? — indaguei.
— Estou muito feliz. — disse ele, com um sorriso bobo.
— Por quê? Aconteceu algo?
— Por você, Claire.
— Por mim?
— Sim… Quando você compartilha algo verdadeiro com alguém e aquela pessoa recebe, não há prazer maior.
— Como assim? Compartilhar algo verdadeiro? — disse, tentando entender.

— Sim... Tudo que compartilhamos nesse último mês veio de um lugar Real. Veio do nosso coração e nunca vai mudar, e só é compartilhável quando é real.
— Mas como assim de um lugar real?
— Claire, no Planeta Terra, as pessoas foram ensinadas ao contrário, por isso estamos aqui, para ajudá-las a se lembrarem do que é Real.
— Mas o que é real?
— Só o Amor é Real.
— Mas e as outras coisas que existem?
— Não existem, só o Amor existe...
Do que ele estava falando? Me esforcei para entendê-lo, mas nada fazia sentido.
Só o Amor existe? Oi?

— O que as pessoas aprenderam de errado? — perguntei.
— Não é errado, as coisas só não são como elas pensam e acreditam que são.
Não é porque você acha uma coisa que ela se torna verdade. Mesmo que você acredite muito em algo, se ele não for verdade, ele não é.
— E no que as pessoas acreditam?
— No mundo.
— No mundo?
— Eu já faço parte da Nova Cultura, mas não estou entendendo, Eryn...

Me senti confusa, pela primeira vez, ao lado dele.
— Quando te ensinam que algo é de um jeito e você aprende e vive daquele jeito todos os dias, aquilo vira um condicionamento, um jeito aprendido de viver, e as pessoas acabam presas a eles, mesmo que o que foi aprendido seja uma mentira.
Mas todas as pessoas fazem parte da Nova Cultura, Claire, só não sabem ainda.

Para representar a Nova Cultura, é necessária muita dedicação, uma dedicação diária de se lembrar do que é Real e lembrar a todos que estão ao seu redor.
— Se lembrar do Amor?

— Sim, escolher a todo o momento viver apenas o Amor, e abandonar o que não é Amor.
— Abandonar o medo?
— De certa forma, sim.
— Mas eu estou aqui com você agora e não estou com medo.
— Claire, você atendeu seu alarme, mas olhe para o mundo.

Agora é hora de acordar…
Fitei a cidade e o céu começou a se desmanchar em nuvens negras.
Eu podia ouvir um som alto, que tocava consecutivamente.
Eryn havia sumido e uma luz entrava em meus olhos.
O barulho era alto e eu sentia meu coração apertado.

— MARIA CLARA, ACORDA, É SEU PRIMEIRO DIA DE AULAAAAAAAAA!
— gritava minha mãe, em meio ao som do despertador.

Sentei na cama, mas ainda não havia acordado totalmente.
Eu não quero ir para escola, pensei.
— MARIA CLAAAAAAAAARA! Você vai me atrasar! — Veio mais um grito da cozinha.

Ainda dormindo, olhei meu celular, me arrastei até o banheiro e escovei os dentes.
Encarei a nécessaire de maquiagem por um momento, mas desisti.
Sorry, mas mesmo sendo o primeiro dia de aula depois das férias, vou com a cara lavada mesmo… Pensei em quanto as meninas da minha sala dedicavam de tempo para se maquiar... só faltavam colocar cílios postiços para ir à escola... mas, tudo bem, às vezes eu também exagero no blush.

Fiz um rabo de cavalo, me troquei, coloquei meu tênis de corrida.
Minha mãe estava na cozinha. Ela ia falar que eu tinha perdido a hora e não tinha atendido o alarme.
— Minha filha, são quase sete da manhã, as férias acabaram, chega de mordomia, chega de dormir tarde, eu quase tive que ir desligar seu alarme, Maria Clara.

— Filha, vamos, o papai precisa trabalhar, se você não acordar no horário, não vou mais te esperar, Maria Clara. Você vai de ônibus, eu tenho compromissos e preciso sair.

— Filha, coloca o alarme pra tocar mais cedo.

— Mãe, eu já atendi o alarme.

Continua... <3

GUIA DA NOVA CULTURA

Por Kaw Yin e Yan Yin

O QUE É UM GUIA?

Um guia é o que orienta o caminho.

O QUE É A NOVA CULTURA?

A Nova Cultura é simplesmente a Verdade sobre todos, a Verdade sobre a Vida, a Verdade sobre a existência, a Verdade sobre o Amor e, enfim, a Verdade sobre Deus.

Isso pode parecer estranho ou inalcançável, mas é a real esperança de mudança. Novos pensamentos que geram novas práticas chamadas de NOVA CULTURA. Isso não é novo no Universo, mas é novo para a cultura humana.

A Verdade é uma prática muito antiga para seres de alta consciência sobre a Realidade da Existência e já é vivenciada em outros lugares em outros sistemas muito além do Sol que ilumina o planeta Terra. Seres que, inclusive, se organizam em comunidades e que se dispõem a atuar em missões de ajuda para a implantação da Verdade em comunidades menos conscientes. Essas missões podem ser trabalhadas em contatos pessoais ou em contatos mentais, como a história de Maria Clara contada neste livro, que sempre ocorreram e que vêm abrindo a mente daqueles que se propõem a expandir sua consciência para novos caminhos onde o Amor e a Unidade são a base do propósito de tudo o que pensam, falam e fazem.

COMO FUNCIONA A NOVA CULTURA?

A **Confiança** é a base do sistema de pensamento que nos permite ver a Verdade de todas as cenas e sermos precisamente didáticos em nossa missão de cuidadores, na correção de equívocos de percepção de tudo e de si mesmo, e que nos permite estar sempre quites e alinhados com o propósito de nossa existência.

A principal diferença entre a cultura humana e a NOVA CULTURA é o compromisso com a Verdade. O sistema de percepção humano é seletivo e cada um percebe o que quer e como quer, conforme interesses pessoais separados de todo o resto do Universo. Usa uma memória individual para comparar o que percebe com o seu passado particular e concluir o que quiser sobre tudo, sobre todos e sobre si mesmo. Cada pessoa percebe uma coisa diferente diante dos mesmos fatos se utilizando de visão, olfato, audição, toque, paladar e memória. Isso é, portanto, uma interpretação e não um fato. Tudo passa por um filtro conforme a sua forma de pensar e não é necessariamente a Verdade. Todos podem estar iludidos sobre o que percebem. Nada garante que o que estão vendo é real. Tudo pode ser ilusão dos seus sentidos e da sua forma de processar e atribuir significados particulares.

Bem, se você não entendeu muito bem, você pode escrever e perguntar nas redes do Erick, assim como em seus ambientes, onde ele compartilha a NOVA CULTURA com seus parceiros e professores que se dedicam totalmente a isso.

Fazer parte da NOVA CULTURA é uma decisão por alcançar a **Visão Verdadeira** e o Amor que sempre esteve presente na Vida de todos e que foi gerada por Deus em unidade com Ele, sendo isso que nos faz existir.

Essa unidade nunca deixou e nunca deixará de existir, e com o tempo, voltamos a acessar esse contato com a Mente de Deus que nos devolve a **Confiança na Vida** e a visão de que todas as situações são perfeitas para quem decidiu pela Verdade, e que essa orientação Divina está acima do que parece ser difícil, tornando tudo sem limites e onde todos são amados e bem-vindos. A partir dessa confiança, tudo fica natural e espontâneo e novas e confortáveis características nascem em seu novo perfil de comportamento.

COMO É O PERFIL COMPORTAMENTAL DO REPRESENTANTE DA NOVA CULTURA?

O representante consciente da NOVA CULTURA, que já concluiu o seu processo, é sem conflito porque não tenta mais ser aquilo que não é. Ele já

viu o Amor que o faz existir e não tenta esconder isso. Por não trair a si mesmo, não tem conflitos internos e nem com qualquer pessoa ou situação. Se vê em unidade com o Universo e, dessa forma, não faz nada só por si, mas faz por todos e por Deus.
É essa sensação de paz que entende como sendo a verdadeira **Honestidade**.

Dessa forma, consegue ouvir e assistir a qualquer manifestação sem julgar. Não julgando, é capaz de sentir **Gratidão** por tudo e por todos, não tendo, dessa forma, limites para sua **Tolerânci**a, que nada mais é do que a grata sensação de estar compartilhando o Amor e compreendendo equívocos a serem amorosamente elucidados.

Assim, sem julgamentos, não vê injustiças, não sente impulsos em culpar, atacar ou lesar alguém ou a si mesmo. Vive na **Ausência de Defesas** por não ver nenhuma ameaça em suas relações e, assim, descobre a única coisa que pode ser chamada de **Gentileza**, que é a natural decorrência do seu cuidado incondicional com tudo o que ama, por reconhecer que a Vida que está em todos é também a sua Vida. Na visão com Deus é absolutamente seguro, não se perde no caminho e não deixa ninguém para trás. Se interessa por todos e descobre, dessa forma, o milagre da **Comunicação Perfeita**.

Com isso em mente, se lembra da sua incondicional e natural **Alegria** que tira o medo dos relacionamentos de ensino/aprendizado e abre o caminho divertido, prazeroso e confortável para o Céu na salvação em conjunto, para fora das ilusões do mundo e para dentro da realidade com Deus.
Que tranquila essa caminhada e que colorida essa canção que pinta o Céu dessa estrada onde a **Generosidade** é simplesmente a visão de que dar é, na Verdade, a única forma de receber.

Estrada brilhante, amorosa estrela-guia que é o pensamento de Deus a nos guiar. Amigo tempo, Divina certeza e abençoada sensação de Vida que preenche agora o coração feliz e realista desse disponível Professor representante da NOVA CULTURA.
Esse é o puro estado que alcançou ao ouvir o alarme do seu coração e que lhe trouxe a verdadeira e incondicional **Paciência**, própria de quem pode esperar **Tranquilo** e **Sereno** na mente de Deus.

Como não seguir essa orientação **Divina**, se tudo o que encontra é a certeza, a paz e o conforto? Sim, esse é o **Verdadeiro Caminho**. Essa é a única e **Divina Voz** que esse representante da NOVA CULTURA segue de forma absolutamente devota, sendo essa a única postura que pode ser chamada de **Fidelidade**, sem ansiedades e com muita certeza de que Deus aceita todos que estão em qualquer parte do caminho, por mais principiantes que sejam no treinamento para ouvir a Sua Voz que fala direto ao seu coração.

De qualquer forma, esse é o caminho da paz que finalmente traz consigo a **Mentalidade Aberta**, na qual nada é julgável e todos são confiáveis por serem Criações de Deus. Tudo é compreendido nesse caminho que Deus indica, sendo tudo sempre digno de aceitação, podendo ser recebido com a expressão de sincera gratidão.

Enfim, a NOVA CULTURA é a cultura que reconhece que somos Amor porque fomos feitos de Amor, porque Deus é Amor, porque o Amor é Tudo o que Existe e o que não é Amor, não existe.
Somos Amor e o Amor é imutável e inameaçável.
Deus é Amor e o seu Amor é Eterno e é Nosso.

Bem-vindos sejam todos ao AMOR da NOVA CULTURA.
Bem-vindos sejam todos ao compartilhar da VIDA.
Bem-vindos sejam todos ao doce e carinhoso relacionamento no reconhecimento da UNIDADE.
Bem-vindos sejam todos à lembrança de DEUS.

KAW YIN ♡ YAN YIN

AGRADECIMENTOS

Agradecimentos aos meus doces e fortes parceiros que se propuseram a representar um novo jeito de viver para o mundo, junto comigo. Sei o quanto vocês entregaram seus corações em um projeto que não é de alguém, mas é de todos e vem de Deus.

Obrigado por cada momento, cada decisão e por atenderem o alarme que tocou em seu coração e nos permitiu estarmos juntos nessa missão.

CAMILA SENNA

INSTAGRAM: @CAMILASENNA | TWITTER: @CAAMILASENNA
YOUTUBE: CAMILASENNAVIDEOS | SNAPCHAT: CAMILASENNA

Você é forte, porque é doce, você é alegre porque representa a vida, você é amável pois reconhece que o que somos é completamente amável, onde chega traz a beleza e alegria da vida consigo num simples sorriso.
Obrigado por tanta confiança, eu prometo a você, para sempre: pode contar comigo.
Amo você infinito.

NAH CARDOSO

INSTAGRAM: @NAHCARDOSO | TWITTER: @NAHCARDOSO
YOUTUBE: NAHCARDOSOVIDEOS | SNAPCHAT: HEYNAHCARDOSO

Alegre, carinhosa, verdadeira! Nah, olhar para tudo o que passamos juntos, só me faz sentir a mais pura gratidão, eu sei que nossa parceria é estabelecida em nossa missão e sempre será assim, vamos juntos demonstrar para o mundo como é bom poder contar com alguém e saber que você nunca mais estará sozinho. Te amo infinito.

KOBA

INSTAGRAM: @KOBA | TWITTER: @KOBARESTART | SNAPCHAT: HEYKOBA

Eu te amo e isso é tudo.
Sua devoção e total disponibilidade com coração aberto me emocionam, me motivam, me inspiram. Você não é desse mundo mesmo.
Obrigado pelas madrugadas incríveis ao teu lado, pelas canções que tocam qualquer coração e pela sua doçura que lembra o quão doce todos são. Vamos juntos até o fim, Kobito! <3

Estaremos juntos até que o último alarme seja atendido.
E quando isso acontecer, lembraremos de tudo isso.

AGRADECIMENTOS Coexiste

Agradeço a meus incríveis professores, Kaw Yin e Yan Yin fundadores da Coexiste, que atenderam o alarme do coração e assumiram sua missão desde que chegaram aqui, obrigado por cada decisão, por cada cena que vocês passaram e por cada lágrima e por cada sorriso, esse livro, saibam que é um fruto de tudo que eu aprendi e vivi com vocês, assistindo a sua total devoção, confiança e incorruptível compromisso de ensinar que O Amor é algo que pode ser vivido.

Estaremos lado a lado e nossos olhares cruzarão e lembraremos de cada decisão quando virmos que nesse mundo todos os alarmes do coração foram atendidos.

Amo vocês infinito.

INSTAGRAM: @COEXISTEOFICIAL | TWITTER: @COEXISTEOFICIAL | SNAPCHAT: COEXISTE
YOUTUBE: COEXISTE.TV | FACEBOOK: COEXISTE | PERISCOPE: @COEXISTEOFICIAL

CRÉDITOS

MAKE UP PERSONAGENS: Rodolfo Almeida @rodolfoalmeida_makeup

HAIR STYLIST OFICIAL PERSONAGENS: Cris Rodrigues @chrisrodriguessq

ERYN HAIR: Salão Novo Arte @novoarte

PENTEADOS: Salão 1838 @1838salao

Salão Square Hair @squarecare

ILUSTRAÇÕES OBJETOS E AQUARELA: Yasmin Hassegawa @yashassegawa

http://www.yashassegawa.iluria.com/

ILUSTRAÇÕES PERSONAGENS CLOSE: Alef Vernon Art

https://society6.com/alefvernon

ILUSTRAÇÃO PERSONAGENS CORPO INTEIRO: Giovanna Sarah @jo_sarah15

http://jo-sarah.tumblr.com/

DESIGN E COLAGENS: Caroline Mura @Muxra

http://cargocollective.com/muxra

FOTÓGRAFO CENAS/EXTERNAS: Luiz Cláudio @luizclas

https://www.facebook.com/lcsfotografia/

FOTÓGRAFO ESTÚDIO E CAPA E CONTRA-CAPA: Marcos Florentino @iammarcosf

ASSISTENTE FOTOGRAFIA: Kelvin Yule @kelvinyule

LOCAÇÕES:

Renata Roberta

Nana Lahoz

Lanchonete Zé do Hamburguer

Studio Angá

Estação da Luz

Rooftop Coexiste

STYLIST PERSONAGENS: Malena Russo @MalenaRusso

ASSISTENTE DE MODA: Dryelle Martins @drielly_martins/

ACESSÓRIOS: Breshow Fantasias @breshowfantasias

EQUIPE COEXISTE – O GAROTO DO SONHO

DIREÇÃO: Kaw Yin Yan Yin

PRODUÇÃO: Claudia Braga

FOTO, VIDEO E EDIÇÃO: Patty Lima e Koba

ESTRATÉGIA: Joana Mao

RELACIONAMENTO: Patricia Joaquim

DESIGNER: Marquinhos Toledo e Koba

REVISÃO DE TEXTO: Aline Mayra e Ana Martins

SITE: Diego Saavedra

Este livro foi revisado segundo o Novo Acordo Ortográfico da Língua Portuguesa.

Editora responsável Tainã Bispo
Produção editorial Aline Santos, Diego Dias, Karen Barbarini, Luiza Marcondes e Natália Ortega
Imagens Shutterstock Images e iStock/Getty Images

Primeira edição (fevereiro/2017) · Quarta reimpressão
Papel de Capa Cartão Triplex Ningbo 300g
Papel de Miolo Papel Offset 120g
Gráfica GRAFILAR

Dados Internacionais de Catalogação na Publicação (CIP)
Angélica Ilacqua CRB-8/7057

M162g Mafra, Erick
O garoto do sonho / Erick Mafra. — Bauru, SP :
Astral Cultural, 2017.
128 p. : il., color.

ISBN: 978-85-8246-491-5

1. Literatura brasileira 2. Vida 3. Amor 4. Amizades
I. Título

17-2002

CDD B869.3
CDU 82-3(81)

Índice para catálogo sistemático:
1. Literatura brasileira

Astral Cultural é a divisão de livros do Grupo Alto Astral.

BAURU
Rua Gustavo Maciel, 19-26
CEP 17012-110
Telefone: (14) 3235-3878
Fax: (14) 3235-3879

SÃO PAULO
Rua Tenerife, 31 - conj. 21 e 22
CEP 04548-904
Telefone/Fax: (11) 3048-2900

E-mail: contato@astralcultural.com.br

Eu te <3 infinito!

Erick Mafra

@ErickMafra

@ErickMafra

OficialErickMafra

Ericketo

Erick Mafra

erickmafra.com.br